JN001269

鍵盤のことば

伊豆みつ

新鋭短歌

鍵盤のことば＊もくじ

鍵盤のことば

はるしおん

ふところをひらくなら刃を寝かせてね合歓の花には黙つてゐてね

ラを鳴らすくちびるはラの色をして降雨を受け容れる駐車場

ぴかぴかのシールをシール帳に貼るハロー花冷えマイタイムライン

花の名を呼ぶかのやうに歌ふから耳がすつかり咲いてしまつた

つけまつげ冷たく濡れて街灯りはまばたきのたび更新される

花椿、くちても椿。あまあしのイケボになりてささめきたしも

降る降る降る降る降る降る溢る逢ふ逢ふ逢ふ逢ふ逢、傘を閉ぢて手を振る

はるしおん春は眠たくなるといふどこまでもどこまでも雨音

しめり気を鼻にかぐとき降らざりし雨の総重量を思へり

雨を惜しむなんて傲慢　高評価とチャンネル登録おねがひします

かみなりのやうに明るい

蕾って字の大半はかみなりで彼等は爆ぜかたがわからない

革命ののちも愛せよ苛立ちがほつほつ纏ひゆく水分を

まあまるでお花のやうに雨粒を飲むのですね、　ゆとりせだいね

ポケモンがうまく描けない有名なポルカのなまへすら出てこない

自意識の汗ばみだらうかみなりのやうに明るいハンカチをあてる

レディレフティ茶器を鳴らして運びくるキャンディキャンディ割つたら負けよ

思ひだしたやうに稲妻　iPhone をまくらき部屋で再起動する

あきつ、火の島、さびしさの森

ここは森、さびしさの森。葉はわれに世界のことを教へてくれる

扁桃の苑うつくしく七階の書庫に折口信夫をさがす

心拍の　ピアノはすこし冷たくてミを叩くとき雨がみつかる

うるせえぞおまへ、挽歌詠んだろか。花のなまへをつけてやらうか

病院の待合室にあまたるきオルゴールさして冬の日は入る

ラズベリーソースとつぷりかかれり　血、とはちがふ赤ちがふ速さに

落葉にらくえふと振るルビ　それはそれとして〇票歌を見つむ

雪片をゆひらとはまづ読まないし枝は比喩にもなつてゐないし

あられ降ればあられ降るほか音のせずそれはシングル・フォーカスにあらず

便箋に抒情詩のあり　それなんのやくにたつのか聞かずに食べき

かなは仮のなまへにすぎず珈琲の缶に身をおろすあきつひとひら

金属の味ではないが錠といふ睡眠薬ののこりは二錠

とつくにの春の太鼓を思ひつつズックは土をふあふあ踏めり

のんばーばる・はれるや　こんな黄昏をふたたび浴びることもあるまい

ミサののち葡萄牙語の晴れてゐてやけに重たき文献五冊

むしんけい、むしん、ふくらめ　酒盛りのたびにわたしは柘榴をやめる

火の島のつらなりであるだから夜になつてもビルは燃えてやまない

はくり紙を落とすてのひら、照ら照らと生きながら逆らはぬはくり紙

木を見てもなにもあはれむことなかれ歌を詠むとはひとつの自傷

降り得ない雪

折り畳み傘をひらけばふいに来てふいに帰つてゆく腹痛は

錠剤を口に放つて飲みこんであまた銀河のものを怨めり

ぼとぼとと言葉が落ちてゆく　藁を掴みたければ握力が要る

かなしさと思ひきやそれは千代紙で折目をおそるおそるなぞつた

ゆふやみはたれを佑《たす》くることもなくセブンイレブンまばゆき此岸

ちろりちろり時計の針のふるへつつなまへを忘れてしまふ婦人科

めぐらないめぐりますすめぐる採血ののちのまあるい絆創膏の

血栓のおほき図をまた見せられてじくじく背《せな》に降り得ない雪

なんといふ器具だつけああ水滴だなにかをおびやかすため使ふ

妊婦のゐて何のことはなきわれのゐて誰のためでもない嬉遊曲

傘に窓に花びらにぶつかつて散る雨の無数の死を聴いてゐた

せかいにきすを

さんずいといふさんずいを打ち上げて冬の御空に星座をつくる

霜踏みの音も忘るるわが耳に冬を知らせたまへよオリオン

さういへば先輩、辞めたんでしたつけ。聖闘士《セイント》星矢かへさざるまま
イヤホンのふいに外れてこの街にラフマニノフのみな雪となる
みな帰路に呑まれてしまふ　この空の名を知らぬままDiesen Kuß der ganzen Welt!

はつこひのそれをおもへりひさかたのチェロのへたくそなる音階は

そつと、ぼーちえ。雪に重ねてみる指のその泣きたさを灯さずにゐよ

主語の広いだけが取り柄のツイートを君よばふつと覆つてしまへ

あはれみは雪のつめたさ次々にヘイトツイートを「報告」しつつ

残雪を蹴る爪先のごとくしてコントラバスのGisの音入る

どれもこれもつらたんなれば枯れ枝のねむりに倣ひからだを展ぐ

まさか春だとは存ぜず pixiv の画面ゆらりと翳る真昼間

なめらかなる死よなまぐさき詩よわれをあつといふまに腐《くた》す春雨よ

あなただれ、黄昏。おまへだれ、雪崩。浮世草子をうしろから読む

またひとつ百合読みしたる相聞の夜明けに雨はつきすぎですか

スカートの裾から滅びあふのだと君ささやけり朧月夜に

蒲公英の燃ゆる野原よ春荒よ戒めにくちづくるおまへよ

攻と受のわれらをぽつと放り投げあかき夜風を浴びにいかうか

石ころのやうに

沈丁花　朝　なゐの夢より醒めて不死のものにはあらぬ左手

あちこちでぶいいいつて鳴つたのに呆然と立つたまま揺られた

内臓が撓む、撓むとおもふよりさきに視界をおほふ余震は
また崩れてしまふだらうね。石ころのやうに文庫を積み上げながら
落つこちた聖書を拾ふずつしりと重たい重たくなくてはならぬ

余震　　　われをねむらせないための余震　　　テレビ消さうよ

うすぐらき聖堂にゐてとほくつて讃美歌集に平仮名ならぶ

指の隙間に指の隙間に指があり祈りといふは歪《いびつ》なひびき

反響板の裾より漏るるもの聴かむたとへばこれは譜めくりの音

みな死にてオペラ終はりぬキッチンにひとり上白糖を篩《ふる》へば

紙をたくさんたためば月に行けるつて千羽鶴折りながらいふなよ

幾千のがらすの粒を踏みながらひかりが刻まれてゆく靴底

かみさまの葡萄

あまいものきらひなんです。　わかり得ぬひとに月経痛を訴ふ

かたちとか色でしか数を知らなくて3といふ場所に貝殻を置く

灰色のスーツ（生まれつき胸ポケットがない）を纏へばわれは強しも

あなたつて呼ぶだけとほくなりさうでむかつくしおまへつて呼びます

イリーガルガールリーガルガールからルール奪つて手を引き走れ！

指先と同じ温度でばかといふ素つぴんだからゆるされてゐる

かみさまの葡萄のほろりほろり落つ　いちたすいちで焚いたフラッシュ

方波見《かたばみ》の葉はハートの葉はちみつの実はミントの実あをくはじける

雨をんなですみませんね！鞄には常に備へてあるロキソニン

われに絵具をさまざま与へ去ってゆくカフェのピアノは乱暴である

なにもかも夕暮れまみれ怪我まみれ明日は雨に土砂降りになれ

鍵盤のことば

どつちも屑だから安心してほしい明るい部屋はとても疲れる

ばすがすばくはつ　音程を気にしてゐたら血まみれだつた　それから痛い

アリエルのアは空《エア》だからみちみちの空を渡つてゆく海鳥は

支援つていふか、ふつうに暮らしたい。火曜日に買ふ少年ジャンプ

ぜんぶ光つてゐるぢやないかといはれてもなにが光かしらないのです

あいきゆう、　と仮名にひらけばばりばりと飴または雨または字の降る

睡蓮の茎を柱と呼んでゐた夢の中では国家になれた

少数者つて言ふのに嚙んでしゆうしゆうとそのうち静かになる曹達水

ひととひとととはすこし不便だ教会はよけいな音がないから好きだ

鍵盤は押せば鳴るもの鍵盤は発語するのに適訳がない

それきり愛の話をしない

ほたる　語源　検索すればつぎつぎにともされてゆく交尾の画像

女体ひとつうまく動かせない同士フローリングをはだしで踊る

あなにくの満天の星月夜かな互ひに生理痛を抱へて

なにもかも重たくよるべなく伏して呼気と時計の音とを数ふ

腕よ君の腕よよくよく聞いてくれわれはおまへをぷにぷにしたい

思ひ出は液体だからそのひとを見た瞬間に熱くあふれた。浴槽が湯に満たされてゆくさまを、ゆだる身体でわたしは思ふ。とめどなきそれを含めばじんわりと味がした。でもなんの味だろ。

色んなこと、忘れてしまふ。

「ひさしぶり」なんて普通に、普通に言ふな。

声を聞くことが只管《ひたすら》なつかしい。それゆゑに今とてもさびしい。

なんの花だらう、彼女の髪飾り。編まれた髪を彩つてゐる鈍色の大きなそれが、夜の風にわづか花弁をふるはせてゐた。なんとなく湯に浮かぶのは恋といふ字のてんてんに風の吹くさま。

気付いたら手を取つてゐた。わたしにはあなたをしあはせにはできない。でも今は（理由はわからないけれど）熱を分け合はないといけない。案の定、冷え性だから、つめたいねつめたいよつて言ひ合つてゐた。湯に満ちたわたしは鼻が熱くなり、花の名前を考へてゐた。

　それ以上踏み込むことはできないで、また逢はうねと嘘を誓つた。

びいどろとびいえる　便箋とびかりあ　篝火よすべてを受け容れよ

をみなたるものをみなからときはなたれよ云々。君と手をつなぐ、駅で

さういふ目で見るから本は本になるもともと鷲になる筈だつた

織女星、どれかな。ベランダで煙草すひながらそれきり愛の話をしない
握りやすきかたちだ、恋とは違つて。月を右手におさめて歩む

櫛をなくした

ほろぼしてやりたいけれどさうはせずピグレットの手のうへに手を置く

病名を次から次へ思ひつく海岸　ここはわたくしだらけ

識ることは分裂なのかまるいまるい炭水化物に箆をさしこむ

がいといふ字だけまともに平仮名でわれはその通りに書きうつす

あつ、栗鼠！

沈丁花けさはにほひのない夢を雪解けのやうに終はらせてゐた

なぜ忘れてしまふのなぜ終へられないのなぜ糸車をここに置いたの

やや水を含みてゐしかひんやりと足裏に触るる浜の黒砂

笑ふところなんだらうみんな笑つてるこぶしのなかに綿をころして

アマデウス！おまへはおまへの耳を持ち野薔薇の色を聴き分けたのね

ハ短調ほどの質量閉ぢこめてピアノは部屋の隅に眠りぬ

　　　　ああ、栗鼠。

絡まつてゐた散らかつてゐた思考であつた黄楊の櫛をなくした

うちあけるための電話であることをうちあけこれはキャラメルシュガー
悔いを身のなかに閉ぢこめ服薬ののちの眠気をゆるされてゐる
わたくしを傷めてしまひ夏だとかさういふことがいちいちとよむ

七千字を超えたところで急に朝　ひさびさにキーボードを離す

オクトーバー・フール

可愛いことひとつも言へなくてごめん夜つて短すぎる詩型だ

他者として手をつなぎをりまたしても同じアニメに熱をあげつつ

大人つて楽しいでせう大人としてソフトクリームで乾杯をする

夏のコートを着るやうにして水底にオホサンセウウヲの王女は眠る

針孔にうまく入れぬ糸である先がふよふよほどけても糸

ふたりして大きなものに憧れるいつか金平糖にならうね

ぐらぐらの乳歯を剝いでやるやうにビジネス本を手に取つてゐた

ぼくたちは音楽でつながつてゐる——つながりながらひとりで眠る

夜想曲のびやかなればわれわれの共通言語はうさぎスタンプ

もう寝ようさうだ寝ようを繰りかへす電話よ永遠に永遠につづけよ

パヴァーヌといふ語ま白し菜箸で卵を溶いてゐても仲秋

妖精の国にあなたをかへすとき薔薇のはなびらはるはると泣く

雨を待つそしてアニメの二期を待つわれを追ひ出さない珈琲屋

眠たさを羽衣として液体にならない胴を寄せあつてゐた

改札までつないでゐてねオクトーバー・フールと唱へてはだめですよ

演奏会

つとめての列車のろりとわれをのせ楽器をものせ地下に潜りぬ

この曲と関係のなき景として朝の月ありイヤフォンをはづす

コンサートホールまばゆし松脂は手の中で飴の金色に似る

弓順の二度変はるゆゑ二度分の右手を浚ふ昼餐ののち

ヴァイオリンの譜はちりちりと黒かりき連符の孕むひかりの礫

画素といふ細胞でつくられてゐる君の身体を手帳に挟む

曼珠沙華でせうかいいいえ楽譜ですヴィオラ奏者が遺したのです

指の冷えをたがひの指がなめとつてゆくからおなじ生きものになる

強くチェロを鳴らさむがごと出逢ひにきページの隅に番号ありき

雨は霧に変はつて君は素つ気ないこのあとわれをほどかうとする

くびすぢはどのスラーにもそぐはずに楽譜のうへを第二指ゆけり

小節の無き雪原を鳴らすことかぎりなきフォルテシモの銀を

緩徐楽章　息を吐きつつ消えしのち秒針にわが身は割られたり

H《ハー》は死をあらはすらしく溜息は雨もろともに消えてしまつた

わかれとはどれもうつくし十字架のかたちに銅鑼を撫づるマレット

終演ののちの座席にひと匙の熱情《パテティチエスカヤ》こぼれてゐたり

一本の葱

一本の葱おごそかに光りたり罪びととして茹づる拉麺

ウオトカあらず尤もだれもこの部屋にウオトカ求めず卵を冷やす

業火よ、おまへがなにを焼かうとも美しいおまへは美しい

あらゆる花に対し、あらゆる花を模したおまへに対し、跪くのみ

秋は厭だ秋はおまへをかき抱きうるはしく拐つてしまふから

つまりそれは若布なのだとアレクセイ・カラマーゾフの手記に書かれず

叙事詩つて書かれてゐるし止めてをかう麺がのびてのびてまるで言葉だ

読みさしの文庫のやうに生きさしのわれは生きさしのまま閉ぢられむ

紅茶が雨を降らせた

だめだなあだめだなあつて思ふたび降る必要のない牡丹雪

クリスマスローズの咲ける小春夜に眼鏡のつるの光するどし

草生ゆるツイートあれば親指のしづかに灯す薔薇のはなびら

雪を心待ちにしてゐし明け暗れに異性愛者のとほりすがりぬ

ヴィランにはヴィランの機微があるだらう氷柱のふとさほどに歌へば

海石榴咲く庭あかるしもつぶらなるスポンジ・ボブの眼玉あるごと

見セ消チの消チは可愛い！誰が何と言はうと可愛、いやさうでもない！

ヿ《こと》といふ合略仮名の落ちてきて the thing which を what となほす

焼《く》べられて弥弥しろくしろくしろくしろくしろくあなたを好いてゐる

自明なる陽のあかるさに抱かれてスタヴローギンかく死にたまふ

おまへなんか溶かしてやるよ。俺の手のなかで紅茶が雨を降らせた

風を負ひ詩を負ひあてどなき人の胸を裂くべきよろこびのこと

いざ降つてみたらばなんとはしたない地面であらう熱にまみれて

鍵をしめて誰にともなく耳を打てり「流れ星とは焼身のこと」

傲りだとすなほに言へばよかつたのに蛹にひとさしゆびを沈める

愉しいね花を手折れば萎れるし人を殴れば死にたくなるし

無理なもんは無理にしあればカーテンの裾を握つたまま朝となる

雪を踏めば水のにほひのつめたくて耳朶は真冬にさらされをりぬ

穢土

ゑんぴつにしたの。いつでも消せるやう。國といふ字の密度はいくら

なんとまあ可愛い三権分立図　矢印の向きが違つて撥ねる

くろぬりのあはれ青年ヒトラーは写生画をよく描きしとふこと

国民の皆さんにわれわれは含まるるや問はずにデータ確認を終ふ

どーでもいいことぢやないすか、だつてさ。阿呆に麦酒を注ぐ。阿呆なれば。

俺の檸檬なれども檸檬爆ぜたるを俺は知らず。とほざきたまひき

あつといふ間にコピー紙は燃えはてぬ知を淘《よな》ぐるは暗君のわざ

いつだつてぱんく寸前なる穢土のその縫ひ針を失くしてしまふ

虎落笛つめたき待合室にゐて快速列車怒鳴る怒鳴る怒鳴る

ドゥーネチカ、あなたの双眸かかげるときあなたに似合ふペンの先端《さきはし》

政治詠のめんだうくささ！換気扇ぶいぶいいいはせつつ芋を煮る

あかときのウィキペディア　うつくしすぎる鳥のなまへを早や忘れしも

海のごとき写真の画素になりにゆく末摘花の名でデモへゆく

照明はかつと真白し梨の皮剝けばヴァイオリニストのここち

ファインつて書けばフィーネだシャインシャインシャイン、拳を光のはうへ

春の服、月の虹

蝶よ花よ葡萄の苑のあかるさよ統べられてゆくわれらはゐがほ

あきつしまに深き霞のたちこめて美徳めきたる葉々のさへづり

報道は早やひるがへり白藤の房のあはひを夕陽かがよふ

春の服をわつと購ふそこかしこ疫病《えやみ》はやれる島に暮らして

とたりたりすも　呪へないやうに不要不急のわが口を覆ふ

暮れあひの誰にも云へぬことばかりのみどに熱し泣いてしまへよ

地球人になれるだらうか口でしてやればおまへの出す無声音

進んではゐると思ふの型紙をぽたんぱたんと折りかへしつつ

裁ちばさみは黒く重たく司法いなオリーブ柄の布地をゆけり

糸をとほすとき針孔はふくらみてオメガバースの汝をゆく水

なにもかもはづして風を浴ぶるとき近眼《ちかめ》に月の虹やはらかし

わがミサンドリイとほくに果てよいちどきに窓をひらけば晩春《おそはる》の風

しろたへの masque を燃やすものたちは今しおまへにその手をのべむ

玉留をまたしくじりき総統《フューラー》と愚者《フーラー》は似て巻きなほす糸

もつと鏡を見て。

対案を出せと言はれき足許のバナナフィッシュははるかに肥えて

まつりごと、やろか。まつろひごとやろか。迷ひてハッシュタグをはづしつ

法案はおそらくとほる　朧夜にあしおともなく歩み来る猫

黙らず。ふと手を止めしつかのまを撃つべく《ディエス・イレ》はじまりぬ

かへし縫ひ　みなもはあふぐものなれば光を舐むるアルガのゆらぎ

あめのくに

窓といふ窓をひらけばこの部屋に欠伸のごとき愛は満ちたり

わたくしを使ひつくして凭れゐるわが水にただ佐保のおほ風

しやぼん玉の翅をゆるりと眠らせてあきつ止まりき網状脈に

なにとなく紙吹雪ほしホチキスの芯さいさいに冴ゆる今宵は

慟哭の字に犬のゐて聖堂の扉のまへになんらかを待つ

ひかりとして魚群ゆきたり水のなき昏《くらがり》のうちにわれを残して

ししむらと思ふわれとておまへとておのづから嗚呼嗚呼と鳴る箱

礼賛と愛はちがふよラヴェンダーだつて摘まれるときは痛いよ

ウソはウソ。ウチはウチ。でもウタはウタ。「初夏」にありえぬルビを振るとき

神あらぬ国よ花野を降る雨よあなたのほかになにも聞こえず

ドミトリイ・カラマーゾフの稲妻は遙けき空をさあつと濡らす

ひれふしてしまふこんなに奢られてこんなに白い薔薇を撒かれて

ヘルシェイク矢野のこと考へながら国が煮えゆくのを聴いてゐた

あめのくにあまてらすくに忌矢《いはひや》はタイムラインをおほひゆくなり

けんけんに削るクレパスよきひとと書いて良人《をつと》と読ますする国で

こたへ待つときじりじりと木炭の赤はこの世でにばんめに赤

空満つ。 と宣ればそのとほりになつて星ばつかりである　踊らうか

くちづけは剽窃なりきあなたの詩をあなたの嘘をあなたもゆるせ

飴降りののちにあまさはやはらいで地上に国がつくられてゆく

地図を抱く

ケヌベクのかたちに口を動かせばひとりぼっちの部屋で湯が沸く

またも夏至なすすべはなく読みさしの閑吟集に挟むゐんぴつ

枇杷の皮がひとさし指についてをりひとさし指の方だけ食べる

そちらからやつてきた雨雲であるあなたを連れてきてはくれない

降りやまぬタイムラインよその首をかたむけながら柘榴うつろふ

尽すほどうつくしき言を持たざればたがひの指の熱をたしかむ

生活のなかにあなたが欲しいのだあなたの町で寄るブックオフ

わがままを喉のわたりに留むれば狭霧のうちに夜行バス消ゆ

きつとあなたに指環を渡す　樹海では葉が人として歌ふのですよ

町を人をあなたをわれを向日葵を　地図を抱きてそのまま眠る

少年イッポリート

諸子が有するパーヴロフスクの自然、諸子の公園、諸子の日の出、日の入り、諸子の青空、諸子の満ち足りた顔、これらはすべて何するものぞ！　こうした喜びの宴《うたげ》も、ぼくひとりを無用と数えることをもってその序開きとしているのではないか？　こうした自然の美も、ぼくにとってなんの用があろう？　ぼくのそばで日光を浴びて、うなっている微々たる一匹の蠅すらも、この宴とコーラスの喜びにあずかるひとりとして、自分のいるべき場所を心得かつ愛して、幸福を感じているのに、ぼくひとりきりのけものである——今はこういうことを分ごとに、いや秒ごとに切実に感じなければならぬ、いやでも無理無体に感じさせられる。今までは了見の狭いばかりに、このことを悟ろうとしなかったのである。

（ドストエーフスキイ著・米川正夫訳『白痴（下）』岩波文庫）

はつなつの夕日の白は重たくてこちらが頚をかかれさうです

ばけものとして這ひまはる夢でした　あなたを嫌ひにはなれません

銃弾はたしかにそこにあつた筈いつのまにやら梔子として

火、だつたと思ふのですが、心臓は光つてました。いいや露かな

撫子の画の背景にすぎません雀が丘の老爺のことも

少年のみつともなさは綿菓子に包まるるゆゑ頬がよごれる

死して復せず　割れたる花のうつはよりほどろに雪の出づることなし

（空蟬の）一緒に歌ひませうとは申しませんが（こんなあかるさ）

言葉なるもののからだに棲むかぎり祈りの部屋は保たれてゐる

笑つちやふくらゐすべてがきらめいて雲間を漏るるそれが悔しい

山百合の野を

申し訳なさを乾かせうすらひの紅さしゆびを空気に触れて

神のやうな手口であつたすべてすべてすべてりぼんをかけられてゐた

まとまらぬ歌の破片が手の甲を刺してインクを血にしてしまふ

Lebensunwertes Leben　どこまでがさうなのでせう葉緑体を持たずに生きて

あだばなとあなかまで韻が踏めるね雨垂れ前奏曲の低声

ひとひらにわれは変はらず自立支援医療受給者証を受け取る

えらばれぬ民のひとりとして仕舞ふおくすり手帳あるいは声を

疾めるときも健やかなるときも生きよ生きよ生きよとそればかり言ふ

泣きながら生きるし生きながら泣くよ生きててえらいなどと言はれて

ジェルネイル冴ゆ　たましひの色彩のはなしを打ち切つたこのひとの

花ことば「生くるたのしび」あくがれて山百合の野をだれかと歩む

せかい、好き。こんなでも好き。両の手ではづせばゆるむ眼鏡のかたち

アンダンテ・カルマンド

楪《ゆづりは》は風にまあるく撫でられてなみだに綺麗もくそもあるかよ

梔子の白はどこまで白でせう下書ばかり溜めて眠つて

微笑むは作中主体らしきひと初雪までにほろぼしたいの

かなしさのゆゑはわからず無花果の実を性的と思ふまま剝く

俯けば菖蒲の花に似る汝の、つまらぬ比喩にばつてんを捺す

くみふせてなんと可愛い鼻だらうわが頚の辺に気をとられゐる

叛逆しなくたつて生きてはゆけるけれど呼吸くらゐはゆるしてほしい

われを綺麗だとか綺麗ぢやないだとか全員そこへなほれ　さちあれ

アルコールスプレーにほふ室内に泥のかほなる禊萩の立つ

ふうはりとポインセチアの街を吹く希死念慮　そのたびに洗ふ手

ざらめ糖のひかりを纏ひ触れられぬもののひとつとして山桃は

青葛《あをかづら》つたはふこともつどふこともならず造花にかひなを伸べつ

なんだつていいはふ覚悟だトルソーの鬐のうへにエリカは咲いて

水のうつは　無数の青をあつめつつかすかににほふ陸路をあゆむ

ゆふぞらは強く曇りぬひたありくわたしのファム・ファタールはわたし

はだれ踏み

梅の枝の細きは雪を支へゐて花、　ああ、　これはべに色でせう

雪が枝をひからせるのと同じです涙を拭き取つてはなりません

息遣ひいくつも聞こゆそれなりに生者のいますジャポニズム展

画に映るあなたの影のやや右になびき二人は裸婦へと進む

裸婦は声をあげてはならず動く画と動かぬ画とが互ひをにらむ

姫さまと呼べば姫さまぢやねえしと、そのときの煙草の震へかた
風に花をゆるして枝を伸ばすことあなたと影を溶かしあふこと
べこべこと段ボールをころしてゆけばぬめりのやうな冷気ただよふ

牙を剝く相手が雨のにほひでも大丈夫だよ戻っておいで

おほきさよりかたちよりやはらかさだと告げて鋭いままのゆふやけ

あなたのひとさしゆびが美しいことと火が怖いこと　レシートを折る

はだれ踏み何を言はうか迷ひつつ迷ひつつもう停車場である

祝福をしたいあなたを祈りたいほむらのごとく霜立つ土に

濁点のここちよければほつほつと季節はづれの《野薔薇》を歌ふ

蓮の苑いな摩訶鉢特摩だつたかもしれず埋立地にぽうと立つ

オルゴール

さうはいへいつも通りのおむすびでとほくの雨はただの光だ

入水日和だが「本日は強風のため出口にも鍵をかけます」

横揺れの嫌だなぢきに酔ひそめて棚がどろどろレポートを吐く

通夜と書きツヤと読むときくちびるのわづかにひらく入口である

歯は白く揃ひ揃ひつグレープの果肉を壊す言ひ訳として

置きなほす社印かぱんと音をたて小雨だこれで丁度よかつた

からつぽの部屋をオルゴールと呼べばいちいちうつくしい雨である

報道を浴びつつ匙は降ろされてりんごゼリーに亀裂やはらか

両足で湯舟に立てばゆたゆたとなんにも纏つてをらず　われは

湯に変はるのはいつだらう、　いつまでも腕を伸ばせないままで眺める

処女信仰を鼻で笑つていちめんのおほかみおほかみにほんおほかみ

「洋」でなく「羊」水であるこの肩を抱くおまへもいつかは還る

みんな吉兆だつて言ふんだ手のうへでアイシャドウが、粉々に、なる夢

どこのだれのいのちだらうかてきぱきと遅延証明書を渡される

結局は怒られるのが怖くつて白線のうちがはにゐるのだ

はふる、はふる、耳を冷やしてゆくことはしんどいでせう朝の朔風

冬枯れの薔薇の葉のいろが、　And they lived happily ever after.

そちらはいま小雨だらうか　ほとぼり、と君は漢字で書けるだらうか

解説　音楽と連帯

黒瀬珂瀾

　ふところをひらくなら刃を寝かせてね合歓の花には黙つてゐてね

刺激的な一首でこの歌集は始まる。寝かせた刃で切り開かれるのは、〈私〉の懐だろうか。私の心に入り込むなら、それほどに鋭角で切り込んでね、でも、外の世界には私のことを告げないでね、なんて読み解いてみたけど、どう読むかは読者ひとりひとりの自由だ。しかしこの一首からは少なくとも、他者という存在にどう繋がればいいかを模索する、切ない心が感じられる。

　うるせえぞおまへ、挽歌詠んだろか。花のなまへをつけてやらうか
　どつちも屑だから安心してほしい明るい部屋はとても疲れる
　愉しいね花を手折れば萎れるし人を殴れば死にたくなるし

人と人との関係、それは時に煩わしく、時に愛しく、時に悲しい。伊豆さんの歌は、そうした折々の感情をどこかユーモラスに、そしてどこか自己放下するような修辞をもって表現する。現代的で軽やかな口語調文体でありながら、反時代的で古典的な美意識が行き届いているように感じられる。そこが伊豆短歌の不思議な魅力なのは、一読いただければ了解されるはずだ。おそらくは、一首が湛える滞空時間の長さと優美な語彙選択センスのなせる業だろう。

雨を惜しむなんて傲慢　高評価とチャンネル登録おねがひします
雨を待つそしてアニメの二期を待つわれを追ひ出さない珈琲屋
糸をとほすとき針孔はふくらみてオメガバースの汝をゆく水

文体や修辞だけでなく伊豆さんの世界は幅広い。時折出没するサブカル、オタク用語に頰を緩める読者もいよう。例えば「イケボ」（イケメンボイス。カッコイイ男性を思わせる声優等の声。男女問わず）、「pixiv」（イラストや漫画の投稿サイト。二次創作やオリジナル漫画などを閲覧可能）、「ヴィラン」（ヒーローコミック等の悪役を指す）なんて言葉が自然な詩語として一首の中でのびやかに振る舞う。専門用語を無理に引っ張ってきた感はない。いずれも作者の心情をそのまま表す、生活に息づいた文化として詠まれる。右引用歌（この種の歌を解説するのは野暮だが）も、ユーチューバーの決まり文句が自己内省へ結びつく一首目、アニメの続編を待ち望む心と安息の希求が重なる二首目、ともに哀切な歌だ。三首目の「オメガバース」は説明が難しいが、あえて一言で書けば「男性も妊娠出産する世界の物語」（本当はもっと複雑な概念だが）のこと。一首全体としては上句の暗喩とあいまって、社会の性役割への疑いが匂う歌となっている。

少数者つて言ふのに噛んでしゆうしゆうとそのうち静かになる曹達水
女体ひとつうまく動かせない同士フローリングをはだしで踊る
あなにくの満天の星月夜かな互ひに生理痛を抱へて
織女星、どれかな。ベランダで煙草すひながらそれきり愛の話をしない

伊豆さんの歌から立ち上がる他者への感情、それは様々な形をとるが、例えば右一首目のように、時に多数者からの圧迫を訴える。「少数者」が誰を指すかはわからないが、少なくとも〈私〉のシンパシーは感じられる。だが、その時に発するべき言葉もソーダの泡のように静かになってしまう。そうした違和を抱える心から二首目の歌が発せられたとき、このふたつの〈女体〉は友情のみとも恋愛だけともまた違う、〈連帯〉的感情に結ばれているようだ。互いに抱える痛みに対して共闘し、情愛をどこかで超えた、いわばシスターフッド的な願いがこれらの歌

には満ちている。さらに言えば、「またひとつ百合読みしたる相聞の夜明けに雨はつきすぎですか」、「攻と受のわれらをぽつと放り投げあかき夜風を浴びにいかうか」といった歌にも、世間から〈わたしたち〉に押し付けられた性役割をぽっと夜空に投げ放つような力が感じられはしないか。

イヤホンのふいに外れてこの街にラフマニノフのみな雪となる
残雪を蹴る爪先のごとくしてコントラバスの Gis の音入る
反響板の裾より漏るるもの聴かむたとへばこれは譜めくりの音
強くチェロを鳴らさむがごと出逢ひにきページの隅に番号ありき
くびすぢはどのスラーにもそぐはずに楽譜のうへを第二指ゆけり

本歌集の大きなテーマに「音楽」がある、のは誰もがすぐに察するだろうが、それは単に、音が言葉の素材となったものではなく、音楽の領域が聴覚を超えて視覚、触覚にまで伸びてゆくさまを言語化したような詩情がある。共感覚的な短歌と言ってしまっても良いかもしれない。ラフマニノフの音楽が降りそそぎ、雪を抉る爪先の鋭い角度でコントラバスの音が突き刺さる、そんな世界を伊豆さんは歩む。そして、季節の移ろいと、人々の思慕と、限りなき音楽がひとつになる瞬間を、わたしたちに見せてくれる。おそらく、本歌集において、常に流れ止まない〈音楽〉とは、一種の祈りなのだろう。この世界が美しくあって欲しいという、一人の歌詠みの。

海のごとき写真の画素になりにゆく末摘花の名でデモへゆく
蝶よ花よ葡萄の苑のあかるさよ統べられてゆくわれらはゑがほ
えらばれぬ民のひとりとして仕舞ふおくすり手帳あるいは声を

だからこそ作者は、時に闘う。美しい世界を守るために。画素ほどの点の一人としてデモに参加し、歌の中で声をあげる。二首目、明るい光景のもと、国家に統べられゆくわたしたちの「ゑがほ」。ディストピアへ進む時代を告発する一首だ。そして、権力者が呼びかける「国民の皆さん」とは誰か。作者はそこに選ばれぬひとりとして静かに声を仕舞いこみ、歩み続ける。

泣きながら生きるし生きながら泣くよ生きててえらいなどと言はれて
なんだつていはふ覚悟だトルソーの髻のうへにエリカは咲いて
ゆふぞらは強く曇りぬひたありくわたしのファム・ファタールはわたし

この作者は、ひとの弱さ、そして自分の弱さをよく知っている。だからこそ、世間への違和感を詠い、闘いを詠い、連帯を詠う。世界を祝福する覚悟を示す二首目、私の運命は私が動かすという三首目。美しき祈りと闘いが、ここにある。音楽と季節と言葉が、このひとの得物だ。
そして読者は目にするだろう。歌が、手を取り合って、世界を駆け抜けてゆくのを。

イリーガルガールリーガルガールからルール奪つて手を引き走れ！

あとがき

言葉と音楽の二つを同時に浴びていると、しばしば、その境目がぼんやりあやふやに感じられることがあります。眠たいときは特にそうです。たとえば音楽を聴いているはずが朗読のように聴こえてしまう。文章や詩歌に調性が感じられる。別の面にあると思っていたものごとが、実はまるみを帯びたひとつながりのものだと感じられたとき、愉快さと息苦しさが絡まりながら降ってきます。私はそのなめらかな曲面のどこかに存在しうるのでしょうか。外から眺めるしかないのでしょうか。それとも、そんなものははなから幻なのでしょうか。

この本には結社誌「未来」に掲載されたものを中心に、二〇一四年から二〇二一年の間につくった短歌のうち三一三首をおさめました。多くは一度ばらばらに解体してから、あたらしい連作として編みなおしています。今までとちがう角度から自分のつくった歌を見つめなおすことができて、新鮮な気持ちでいます。

日々の結社でのご指導に加え、監修者として歌集の制作にご助言をくださった黒瀬珂瀾さま。出版の機会を与えてくださった書肆侃侃房の皆さま。海彼歌会で色々な学びをくださった同欄の方々。歌集制作を応援してくれた、近くや遠くで見守ってくれた方々。何よりこの本を手に取ってくれているあなた。すべての方に感謝申し上げます。

あなたがあなたの鍵盤を鳴らす、その空気のふるえに、少しでも寄与できれば幸いです。

伊豆みつ

■著者略歴

伊豆みつ（いづ・みつ）

石川県生まれ。千葉県在住。上智大学文学部国文学科卒業。
2014年、未来短歌会に入会。黒瀬珂瀾に師事。

「新鋭短歌シリーズ」ホームページ　http://www.shintanka.com/shin-ei/

新鋭短歌シリーズ52
鍵盤のことば

二〇二一年六月十日　第一刷発行

著　者　伊豆みつ
発行者　田島安江
発行所　株式会社　書肆侃侃房（しょしかんかんぼう）
〒八一〇-〇〇四一
福岡市中央区大名二-八-十八-五〇一
TEL：〇九二-七三五-二八〇二
FAX：〇九二-七三五-二七九二
http://www.kankanbou.com　info@kankanbou.com

監　修　黒瀬珂瀾
装　画　伊豆みつ
装　丁　藤田瞳
DTP　黒木留実
印刷・製本　株式会社西日本新聞印刷
©Mitsu Izu 2021 Printed in Japan
ISBN978-4-86385-467-3　C0092
落丁・乱丁本は送料小社負担にてお取り替え致します。
本書の一部または全部の複写（コピー）・複製・転訳載および磁気などの記録媒体への入力などは、著作権法上での例外を除き、禁じます。

新鋭短歌シリーズ ［第 5 期全 12 冊］

今、若い歌人たちは、どこにいるのだろう。どんな歌が詠まれているのだろう。今、実に多くの若者が現代短歌に集まっている。同人誌、学生短歌、さらにはTwitterまで短歌の場は、爆発的に広がっている。文学フリマのブースには、若者が溢れている。そればかりではない。伝統的な短歌結社も動き始めている。現代短歌は実におもしろい。表現の現在がここにある。「新鋭短歌シリーズ」は、今を詠う歌人のエッセンスを届ける。

52. 鍵盤のことば　　伊豆みつ

四六判／並製／144ページ　定価：本体1,700円＋税

夜明けが、雨が、そして音楽が――
言葉になる瞬間を見に行こう。
〈あなた〉と深く、指をからめて　――黒瀬珂瀾

53. まばたきで消えていく　　藤宮若菜

四六判／並製／144ページ　定価：本体1,700円＋税

命の際の歌が胸を突く

残酷すぎるこの世だけれど、人間を知りたいと願っている。
肝を据えて見つめ直す愛おしい日々。　――東 直子

54. 工場　　奥村知世

四六判／並製／144ページ　定価：本体1,700円＋税

知性を持った感情が生み出す言葉は強く、やさしい。

そっと鷲掴みされた工場と家庭の現場。
「心の花」から今、二人目の石川不二子が生まれた。――藤島秀憲

好評既刊　●定価：本体1,700円＋税　四六判／並製／144ページ（全冊共通）

49. 水の聖歌隊
笹川 諒
監修：内山晶太

50. サウンドスケープに飛び乗って
久石ソナ
監修：山田 航

51. ロマンチック・ラブ・イデオロギー
手塚美楽
監修：東 直子

新鋭短歌シリーズ

好評既刊　●定価：本体1700円＋税　四六判／並製（全冊共通）

［第1期全12冊］

1. つむじ風、ここにあります　木下龍也
2. タンジブル　鯨井可菜子
3. 提案前夜　堀合昇平
4. 八月のフルート奏者　笹井宏之
5. NR　天道なお
6. クラウン伍長　斉藤真伸
7. 春戦争　陣崎草子
8. かたすみさがし　田中ましろ
9. 声、あるいは音のような　岸原さや
10. 緑の祠　五島 諭
11. あそこ　望月裕二郎
12. やさしいぴあの　嶋田さくらこ

［第2期全12冊］

13. オーロラのお針子　藤本玲未
14. 硝子のボレット　田丸まひる
15. 同じ白さで雪は降りくる　中畑智江
16. サイレンと犀　岡野大嗣
17. いつも空をみて　浅羽佐和子
18. トントングラム　伊舎堂 仁
19. タルト・タタンと炭酸水　竹内 亮
20. イーハトーブの数式　大西久美子
21. それはとても速くて永い　法橋ひらく
22. Bootleg　土岐友浩
23. うずく、まる　中家菜津子
24. 惑亂　堀田季何

［第3期全12冊］

25. 永遠でないほうの火　井上法子
26. 羽虫群　虫武一俊
27. 瀬戸際レモン　蒼井 杏
28. 夜にあやまってくれ　鈴木晴香
29. 水銀飛行　中山俊一
30. 青を泳ぐ。　杉谷麻衣
31. 黄色いボート　原田彩加
32. しんくわ　しんくわ
33. Midnight Sun　佐藤涼子
34. 風のアンダースタディ　鈴木美紀子
35. 新しい猫背の星　尼崎 武
36. いちまいの羊歯　國森晴野

［第4期全12冊］

37. 花は泡、そこにいたって会いたいよ　初谷むい
38. 冒険者たち　ユキノ 進
39. ちるとしふと　千原こはぎ
40. ゆめのほとり鳥　九螺ささら
41. コンビニに生まれかわってしまっても　西村 曜
42. 灰色の図書館　惟任將彥
43. The Moon Also Rises　五十子尚夏
44. 惑星ジンタ　二三川 練
45. 蝶は地下鉄をぬけて　小野田 光
46. アーのようなカー　寺井奈緒美
47. 煮汁　戸田響子
48. 平和園に帰ろうよ　小坂井大輔